*Sin principio ni fin*

# Sin principio ni fin
## Las aventuras de un pequeño caracol
### (y una hormiga aún más pequeña)

## AVI

CON ILUSTRACIONES DE TRICIA TUSA

Traducción de Marc Barrobés

EDICIONES B
GRUPO ZETA

Barcelona • Bogotá • Buenos Aires • Caracas • Madrid • México D. F.
Montevideo • Quito • Santiago de Chile

Título original: *The End Of The beginning*

Traducción: Marc Barrobés

1.ª edición: febrero, 2009

Publicado originalmente en 2004 en EE.UU. por Harcourt

© 2004, AVI, para el texto
© 2004, Tricia Tusa, para las ilustraciones
© 2009, Ediciones B, S.A.,
  en español para todo el mundo
  Bailén, 84 – 08009 Barcelona (España)
  *www.edicionesb.com*

Impreso en España – Printed in Spain
ISBN: 978-84-666-4024-4
Depósito legal: B. 450-2009

Impreso por A & M GRÀFIC, S.L.

*Para Avon de Edward, con sorpresa*

# CAPÍTULO PRIMERO

*En el que empieza la aventura*

Carlos era un caracol bastante pequeño que se pasaba los días leyendo. Le encantaba la lectura porque gracias a los libros se enteraba de lo que hacían otros animales que vivían aventuras.

Carlos se había fijado en que cuando terminaban las aventuras y se acababan las historias, los animales siempre se sentían muy felices. Como Carlos nunca había vivido una aventura por su cuenta, cuanto más leía, más se entristecía. Entonces decidió que era absolutamente imprescindible salir a emprender aventuras él mismo. Sólo así sería feliz.

Carlos suspiró.

—Nunca viviré ninguna aventura.

Un tritón que pasaba por allí oyó por casualidad las palabras de Carlos.

—No, chico, no digas eso.

—¿Pero es que no te das cuenta? —dijo Carlos, a punto de romper a llorar—. Lo más importante del mundo es correr aventuras, y resulta que yo no sólo no he vivido ninguna, sino que encima me parece que nunca las viviré. Y si no emprendo una aventura como las que he leído en estos libros, estoy condenado a ser un desgraciado toda la vida.

—Pues sal y búscalas —le dijo el tritón.

—No sé cómo —se lamentó Carlos.

—¡Ay, chico! —suspiró el tritón—. Recuerda que lo que vaya a pasar mañana, también podría pasar hoy. Y que lo que ocurre hoy, podía haber ocurrido ayer. Si fue ayer, entonces ya está todo dicho y hecho y puedes escribir tu propio libro. Que no se te olvide.

Carlos estuvo meditando un buen rato y luego dijo en voz alta:

—Sí, señor, eso haré. ¡Ayer seguro que lo haré!

# CAPÍTULO SEGUNDO

*En el que Carlos recibe un consejo*

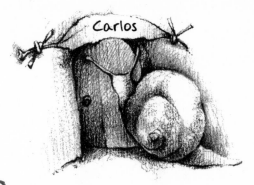

Carlos empezó a prepararse para sus aventuras dejando su casa bien ordenada, convencido de que si no se marchaba enseguida, tal vez no se decidiría jamás. Entonces, cuando ya estaba a punto de irse, oyó una voz.

—Supongo que no pensabas marcharte sin despedirte, ¿verdad?

Era una hormiga.

—Llevo un año viviendo aquí —prosiguió la hormiga—, y nunca me has saludado.

—Lo siento —respondió Carlos—, es que nadie nos había presentado.

—Ya me imaginaba que no podía ser por falta de educación —dijo la hormiga—. Me alegro de comprobar que estaba en lo cierto. Bueno, no sé si te habías dado cuenta, pero aunque es poco frecuente saludar sin haber sido presentado, siempre es conveniente despedirse como es debido.

—Ahora que lo mencionas, sí que me había dado cuenta —confirmó Carlos—. Cuando uno emprende un viaje como el que me dispongo a emprender, es necesario darse cuenta de todo.

—¿Y qué tipo de viaje es ése? —preguntó la hormiga.

Carlos le contó a la hormiga su plan de partir en busca de aventuras.

—Como imaginarás —añadió Carlos—, es la primera vez que hago algo semejante. Por eso, si se te ocurre algún consejo, estaré encantado de escucharte.

La hormiga puso cara de preocupación.

—¿Quieres decir que no tienes ni idea de qué tipo de viaje vas a emprender?

—Me temo que no —admitió Carlos.

—Mmmmm —dijo la hormiga—. Entonces necesitarás respuestas para muchas preguntas.

—Ah, muy bien, ¿y tú tienes las respuestas?

—Bueno —dijo la hormiga—, si no puedo ofrecer la respuesta correcta, al menos sí una respuesta equivocada.

—Mientras sea una respuesta, ya me servirá —resolvió Carlos—. Es imprescindible que me acompañes.

—¡Ay, me encantaría! —exclamó la hormiga—. Pero si me voy contigo, aquí no quedará nadie para que puedas despedirte. La mitad de la diversión de marcharse de un sitio es poder despedirse.

—¡Qué cosas! —exclamó Carlos—. De no ser por ti, me habría largado sin despedirme de nadie.

—Te sugiero que te despidas de mí y luego te marches —indicó la hormiga—. Yo te alcanzaré enseguida y así podremos seguir juntos.

Carlos no dudó en aceptar.

—Bueno, zanjemos rápido el asunto —dijo la hormiga—. No me gustan las despedidas largas.

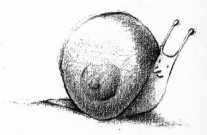

—Adiós, hormiga —empezó Carlos—. No pierdas el tiempo preocupándote por mí. Pásatelo bien, trabaja mucho y haz bastante ejercicio. Ya te avisaré cuando regrese.

—Adiós, caracol. Espero que corras aventuras de lo más emocionantes. Cuídate mucho, pásatelo bien y no te olvides de escribir.

Con lágrimas en los ojos, Carlos cerró la puerta e inició sus aventuras.

La hormiga esperó unos minutos y luego se apresuró a alcanzar a Carlos, que bajaba por una rama.

—Por cierto —dijo Carlos mientras avanzaban lentamente juntos—, ¿tienes algún nombre?

—Pues claro que tengo uno. Me llamo Eduardo.

—Ah. Yo me llamo Carlos.

Eduardo tendió la mano para estrechársela a su nuevo amigo, pero entonces observó que Carlos no tenía manos, así que se estrechó una de las suyas.

—Encantado de conocerte —dijo.

# CAPÍTULO TERCERO

*En el que se presenta la música*

Carlos y Eduardo habían recorrido unos cinco centímetros cuando Eduardo dijo:

—Carlos, ¿qué sabes tú de música?

—Oh, pues poca cosa: unas cuantas cancioncillas, y de la mayoría de ellas me he olvidado.

Eduardo se quedó preocupado.

—Cuando se sale en busca de aventuras —explicó—, hay que andar mucho trecho. Y nadie ha oído hablar de aventuras sin música de marcha.

—Menos mal que me has avisado, Eduardo. Tal vez tú puedas enseñarme alguna.

—Encantado —dijo Eduardo—. Ésta es una canción de marcha muy antigua que se ha cantado en mi familia desde hace miles de años. Dice así:

*En marcha, en marcha*
*vamos, vamos, vamos.*
*En marcha, en marcha*
*vamos, vamos, vamos.*
*En marcha, en marcha*
*oh, vamos, vamos, vamos, oh.*
*Oh, oh, oh,*

*oh, vamos, vamos, vamos, oh.*

*Oh, vamos, vamos, vamos, oh.*

*¡En marcha, en marcha, en marcha!*

—¡Qué canción tan inspiradora! —dijo Carlos.

—Una de las ventajas más destacables de esta canción —señaló Eduardo— es que puedes empezar por cualquier parte. Yo la canto desde el principio, y mi padre la canta desde el final.

—¿Y se puede cantar desde el medio?

—Pues sí —dijo Eduardo—. Mi madre siempre elige esta modalidad. Como puedes ver, los de mi familia somos muy independientes.

—Ya, pero todos cantáis la misma canción —señaló Carlos.

# CAPÍTULO CUARTO

*En el que Eduardo acaba agotado*

Poco después de haber iniciado las aventuras, Eduardo se paró de repente.

—No puedo continuar así —anunció.

Carlos se alarmó.

—¿Qué ocurre?

—Me duelen las rodillas —respondió Eduardo, mientras se sentaba jadeando—. No ssabía que eso de ir lento fuera tan agotador —explicó.

Carlos empezó a sentirse culpable.

—¿Es malo ir lento?

—No es malo —respondió Eduardo—, lo que pasa es que toma más tiempo.

Carlos se sintió avergonzado.

—Ya lo sé —dijo en voz baja—. Es mucho mejor dar que tomar.

—Eres muy amable al ofrecerme parte de tu tiempo —prosiguió Eduardo—, pero la verdad, Carlos, no creo que te sobre. Más bien diría que necesitas una gran cantidad de tiempo.

El caracol estaba muy triste.

—¿Y qué vamos a hacer?

De repente, Eduardo se puso en pie de un brinco y corrió tan rápido y tan lejos que Carlos lo perdió de vista durante tres días y sus tres noches.

Sin embargo, al final Eduardo regresó, se tumbó en el suelo y cerró los ojos.

—¿Ya te sientes mejor? —preguntó Carlos con la máxima delicadeza posible.

—No, ni mucho menos —respondió Eduardo, jadeando.

—¿Por qué? ¿Qué ha pasado?

—He corrido en todas las direcciones posibles.

—¿Y no ha sido interesante?

—En realidad, no importa lo deprisa que corriera ni adónde fuera —dijo Eduardo—, porque lo único que veía eran ramas y hojas. Si he de serte sincero, lo de allí no era muy diferente de... lo de aquí.

—No te preocupes por eso, Eduardo —dijo

Carlos en tono amable—. Es evidente que yo tampoco he llegado a ninguna parte.

—¡Anda, es cierto! —observó Eduardo—. Yo salí corriendo como un rayo mientras tú te quedabas quieto. Y ahora resulta que, a fin de cuentas, los dos estamos aquí.

—Y aún más —añadió Carlos—, los dos hemos tardado el mismo tiempo en llegar a este lugar.

# CAPÍTULO QUINTO

*En el que los aventureros se pierden*

Estaba lloviendo a cántaros; tanto llovía que Carlos y Eduardo apenas conseguían avanzar.

Eduardo se adelantó, se cobijó bajo una hoja y esperó a que llegase Carlos.

—¿Tienes alguna idea de cuánto va a durar este viaje? —preguntó Eduardo.

Carlos se detuvo de repente.

—¿Yo? —se extrañó—. Creía que eras tú quien dirigía la expedición.

Eduardo se quedó desconcertado.

—Lo que nos faltaba —protestó—. Nos hemos perdido.

A Carlos le entraron ganas de llorar.

—Lo siento, Eduardo. Estaba tan concentrado pensando en las aventuras que íbamos a correr que no se me ocurrió fijarme en el camino.

—Bueno, no te preocupes —dijo Eduardo, viendo que había herido los sentimientos de Carlos—. Perderse es muy fácil; eso pasa a cada momento. Lo más difícil de todo es encontrarse. Propongo que llamemos a la primera puerta que encontremos para que nos aconsejen.

—Querrás decir para que nos orienten, ¿no?

—Si perderse es bastante malo —explicó Eduardo—, no saber de qué te has perdido ya ni te cuento. Así que primero pediremos consejo y luego orientación.

Poco después llegaron ante una puerta, a la que llamaron. Enseguida oyeron unos pasos y una voz dulce.

—¿Quién es?

—Somos Carlos y Eduardo.

—¿Os conozco? —preguntó la voz.

—No lo creo.

—¿Y hay alguien por aquí que os conozca? —quiso saber la voz.

—Aquí está Eduardo —respondió Carlos—, que es un buen amigo mío. ¿Quieres hablar con él?

—¿Alguien le conoce?

—Yo le considero mi mejor amigo —respondió Carlos.

—Ah, bueno —dijo la voz—. Con tantos amigos, seguro que sois bastante majos.

Se abrió la puerta y la voz resultó corresponder a una anciana salamandra. La salamandra invitó a los viajeros a entrar para que se resguardasen de la lluvia y los condujo a la cocina para que se calentaran junto al fuego. Una vez bien instalados y confortados con bebidas calientes y galletas, la salamandra les preguntó qué los había llevado a llamar a su puerta.

—Bueno —empezó Eduardo, mientras cogía otra galleta—, queríamos saber si íbamos por el buen camino.

—Creo que eso depende del lugar en concreto al que queráis ir —apuntó la salamandra.

—Es que no vamos a ningún sitio en concreto —objetó Carlos.

—En ese caso —comentó la salamandra—, os aconsejo que sigáis rama abajo hasta el primer cruce y luego dobléis a la izquierda.

—¿Adónde lleva ese camino? —preguntó Eduardo.

—No lo sé —respondió ella—. Nunca he ido por allí. Pero sí que he ido por todos los demás y os aseguro que todos conducen a algún lugar en concreto.

Eduardo sorbió su té.

—Desde luego, me parece que debemos tomar ese camino.

Cuando terminaron de merendar ya había dejado de llover, y los dos amigos estaban impa-

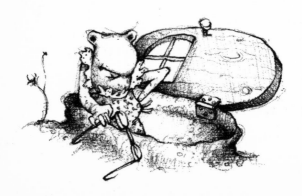

cientes por seguir adelante, así que le dieron las gracias a la salamandra por su hospitalidad.

—No hay de qué —dijo ella—. Pero prometedme una cosa, muchachos. Si notáis que habéis de perderos otra vez, avisadme con tiempo. Así podré prepararos una cena como es debido.

—Lo prometemos, señora —aseguró Carlos—. La próxima vez que no sepamos dónde estamos, vendremos directamente aquí.

# CAPÍTULO
# SEXTO

*En el que hace su aparición un dragón*

Eduardo —dijo Carlos—, ¿crees que encontraremos algún dragón un día de éstos? Es que, si no, nuestros viajes no podrán considerarse una auténtica aventura.

—Debo advertirte que hoy en día los dragones se han vuelto bastante tímidos —explicó Eduardo—, y siempre se disfrazan para que no los reconozcan. Ya lo verás cuando encontremos uno. Siempre niegan ser dragones. En general, me parece que los buenos se disfrazan de animales bonitos, y los malos eligen disfraces de animales feos.

—¡Menos mal que me lo has dicho! —le agradeció Carlos—. ¡Y pensar que yo andaba buscando dragones! Ahora buscaré otra cosa, porque la verdad es que me encantaría ver uno.

Eduardo asintió con la cabeza.

—Mi padre siempre me decía: «Eduardo, es mejor no buscar nada y encontrar algo, que buscar algo y no encontrar nada.»

—Vale, mantendré los ojos bien abiertos —aseguró Carlos.

—Sí, pero ciérralos de vez en cuando para pestañear —advirtió Eduardo.

Carlos se paró de repente.

—¡Mira! —gritó—. ¡Tal vez sea un dragón!

Acurrucado junto a una hoja, dormía un ratoncillo.

—Desde luego no parece un dragón, ¿verdad? —observó Carlos.

—Eso significa que probablemente lo sea —indicó Eduardo.

Los dos amigos avanzaron con cautela hacia el ratón.

—¡Qué magnífico disfraz! —exclamó Carlos—. Nunca habría imaginado que fuera un dragón.

El ratón empezó a moverse.

—Ten cuidado —señaló Eduardo—. Todavía no sabemos si es un dragón bueno o uno malo.

El ratón abrió los ojos y descubrió a Carlos y a Eduardo, que lo miraban.

—¿Puedo ayudaros en algo? —dijo.

—No queríamos despertarte —se disculpó Carlos—. Hemos salido en busca de aventuras y nos interesaría ver a un dragón.

—¿Un dragón? —dijo el ratón tímidamente—. Me temo que por aquí no encontraréis ninguno.

Eduardo le dio un codazo a Carlos y éste asintió con la cabeza.

—No podrás engañarnos —advirtió Eduardo—. Tú eres un dragón.

El ratón se miró de arriba abajo.

—Te guardaremos el secreto —aseguró Carlos en tono amable.

—Lamento mucho contrariaros —insistió el ratón—, pero de verdad que no soy ningún dragón.

—Tienes una cola, ¿verdad que sí? —preguntó Eduardo.

El ratón se vio obligado a admitirlo.

—¿Lo ves? —dijo Carlos, triunfante—. Los dragones tienen cola.

—Y cuatro patas —apuntó Eduardo—. Tú tienes cuatro patas.

—Igual que los dragones —añadió Carlos.

—¡Y una nariz, una boca y dos ojos! —gritó Eduardo—. Todo igual que un dragón. No cabe duda, señor Dragón; podrás engañar a otros animales, pero no a Carlos y a Eduardo.

—Pues no lo entiendo —dijo el ratón, asombrado—, porque mi padre nunca me ha dicho que yo sea un dragón.

—Pregúntaselo a tu madre —sugirió Eduardo.

—Tendréis que perdonarme —dijo el ratón, que estaba ya bastante alterado—. Esto es toda una novedad para mí. Tengo que volver a casa para contarles a mis amigos quién soy.

Y partió raudo como una centella.

—¡Mecachis! —protestó Carlos mientras el

ratón se alejaba a toda prisa—. Nos hemos olvidado de preguntarle si era un dragón bueno o uno malo.

—Era bastante joven —comentó Eduardo—, así que a lo mejor aún no lo ha decidido.

—¡Ay! Espero que decida ser un dragón bueno —dijo Carlos—. El mundo necesita más dragones buenos.

—Sí, sin duda sería un alivio —confirmó Eduardo.

# CAPÍTULO SÉPTIMO

*En el que se libra una batalla*

Eduardo y Carlos llegaron a una bifurcación en su rama.

—Me parece que no podrás decir que has vivido una auténtica aventura a menos que sigas siempre adelante contra viento y mareo —dijo Eduardo.

—¿Contra viento y mareo? —preguntó Carlos.

—Ya hemos ido un rato contra el viento —respondió Eduardo—. Y lo mejor contra el mareo es que no mires hacia abajo.

Así que los dos animales prosiguieron su camino sin mirar hacia abajo. De repente, Eduardo se detuvo.

—¡Carlos! ¡Mira!

Desde el extremo opuesto de la misma rama por la que viajaban, otro caracol se dirigía hacia ellos. Y para colmo de males, no había suficiente espacio para que pudieran cruzarse. Sin duda, uno de los caracoles se caería.

Eduardo estaba muy nervioso. No paraba de correr arriba y abajo, y daba vueltas en círculo.

—Carlos —dijo—, ésta es la aventura que habías estado esperando. Ese caracol viene hacia nosotros, y nosotros vamos hacia él. Uno de los dos tendrá que dejar paso. ¡Deberás librar una batalla famosa y ganarla!

—¿Y qué pasa si pierdo? —preguntó Carlos.

—Carlos, si ganas esta batalla serás el caracol más famoso del mundo. ¡Ésta es la gracia de partir en busca de aventuras!

—Lo que pasa es que nunca he librado ninguna batalla famosa. ¿Cómo se hace?

—Ve corriendo por la rama y dale un empujón para apartarlo. Él te empujará a ti. Luego has de volver a empujarlo. Eso es una batalla.

Por más que Carlos intentó explicarle que los caracoles no eran animales pendencieros, Eduardo insistió en que debía hacerlo. Así pues, de muy mala gana, Carlos avanzó por la rama. Desde el extremo opuesto, el otro caracol seguía acercándose.

Eduardo se apartó un poco para observar los acontecimientos desde una distancia prudencial.

Los dos caracoles recorrían poco a poco la larga rama.

—¡Más deprisa! ¡Más deprisa! —apremió Eduardo.

Los dos caracoles progresaban lentamente.

—¡No tardes tanto! —gritó Eduardo.

Los caracoles seguían adelante, acercándose cada vez más.

—¡Ya hace dos horas que habéis empezado! —se quejó Eduardo, que ya comenzaba a aburrirse.

—Voy lo más rápido que puedo —protestó Carlos.

A la hora del almuerzo, los caracoles habían recorrido la mitad de la distancia que los separaba.

—¿Puedo parar y comer algo? —preguntó Carlos.

—No, no, el asunto es urgente —insistió Eduardo—. ¡Sigue adelante!

A media tarde, los caracoles habían recorrido las tres cuartas partes de la distancia.

Eduardo estaba agotado de tanto mirar.

—¿No puedes ir más deprisa? —insistió.

—¡Pero si estoy corriendo! —se indignó Carlos.

A la hora de la cena, los dos caracoles habían llegado ya bastante cerca.

—Sobre todo recuerda que se trata de un combate hasta el final —dijo Eduardo, bostezando desde lo alto de la rama.

Los dos caracoles estaban casi tocándose cuando se puso el sol.

—¡Ya no veo nada, Carlos! —gritó Eduardo—. Mantenme informado.

Cuando ya había oscurecido por completo, se hizo un largo silencio.

—¿Qué está pasando? —preguntó Eduardo.

—No estoy seguro —contestó Carlos.

—No oigo nada.

—Yo tampoco —dijo Carlos.

Pasaron algunas horas más.

—¿Carlos?

—¿Sí, Eduardo?

—¿Estás... ganando?

—No sabría decírtelo.

Ya en plena noche, Eduardo volvió a preguntar a gritos:

—¿Cómo va eso?

—Bastante bien.

—¿Ya estás ganando?

—No lo sabré hasta que se haga de día —respondió Carlos.

Al amanecer, Eduardo intentó distinguir algo. Para su asombro, los dos caracoles se habían cruzado y ambos proseguían su camino.

Eduardo corrió a reunirse con Carlos.

—¡Carlos! ¿Qué ha pasado? ¿Has ganado la famosa batalla?

Carlos se quedó pensativo.

—No lo sé, Eduardo —dijo finalmente—. ¡Ha sido todo tan rápido...!

# CAPÍTULO OCTAVO

*En el que los aventureros llegan a alguna parte*

Dos mañanas más tarde, Carlos se despertó antes que Eduardo. Mientras éste seguía durmiendo, el caracol inspeccionó el lugar donde habían pasado la noche y vio que era bastante parecido a su propio vecindario, aunque en realidad habían recorrido más de la mitad de la longitud de la rama. Cuando Eduardo se despertó, Carlos le preguntó sobre esta cuestión.

Y Eduardo se lo explicó:

—Mira, Carlos, todo depende de ti. Si tú quieres que sea diferente, será diferente. No has de mirar el mundo con los ojos, sino con el corazón.

—Pero Eduardo —objetó Carlos, súbitamente alarmado—, yo no tengo ojos en el corazón.

—Estaba hablando como hablaría un poeta. No es posible vivir aventuras sin poesía.

—Ah, pues a mí me encantan los poemas, Eduardo. Recuerdo un poema que me contaba mi madre. Decía así: «Jaime Caracol y Julia Caracol fueron al huerto a por una col; dieron un paso, y luego otro y...»

Eduardo le interrumpió.

—No me refería a este tipo de poesía. Lo que quiero decir es que hay que coger un montón de palabras, juntarlas y que te digan algo. La cuestión es que si no sabes dónde estás, lo mejor que puedes hacer es escribir un poema. Todos los aventureros hacen este tipo de cosas. Forma parte de su trabajo.

—¿Y nos dirá adónde vamos?

—Sólo si miramos en esa dirección.

Carlos miró un buen rato a su alrededor.

—Creo que tengo un poema para recitar —anunció.

—Pues adelante.

Carlos cerró los ojos y recitó:

*Me pregunto por qué el aire de aquí*
*es igual que como era allí.*

—¡Bravo! —aplaudió Eduardo—. ¿Y ahora ya sabes dónde estás?

—Bueno… —dijo Carlos—, he reducido las posibilidades a dos sitios.

—¿Cuáles?

—Aquí o allí.

—Bien —le felicitó Eduardo—. Por algo se empieza.

# CAPÍTULO NOVENO

*En el que Carlos hace una buena obra*

Al día siguiente, Carlos y Eduardo se encontraron con una oruga que estaba muy ocupada tejiendo un capullo.

—Es la casa más extraña que he visto en mi vida —comentó Carlos—. No creo que dure demasiado, porque sólo es hilo de seda. Seguro que sale volando al primer soplo de viento.

Sin prestar atención a los dos aventureros, la

oruga siguió trabajando sin parar hasta que hubo acabado.

—Yo no estaría muy tranquilo si ésta fuera mi casa —le dijo Carlos a la oruga—. Es tan frágil que podría entrar cualquiera, o incluso podría caer en pedazos. ¿Cuánto tiempo esperas hospedarte aquí?

—Un mes —respondió la oruga.

—Yendo y viniendo, supongo.

—No, sólo durmiendo.

—¿Todo el tiempo?

—Sí, exactamente —confirmó la oruga, bostezando.

Carlos tomó enseguida una decisión.

—Voy a hacer guardia junto a tu casa mientras duermes —anunció.

—Es muy amable por tu parte —dijo la oruga—, pero estoy segura...

Carlos la interrumpió.

—No, no me harás cambiar de idea. He tomado la decisión. Se supone que los aventureros deben ayudar a otros animales.

—De verdad, no creo que sea necesario —insistió la oruga—, aunque eres libre de hacerlo si te apetece.

Y arrastrándose hacia el interior de su casa, cerró la puerta detrás de ella.

—Será mejor que compruebe las puertas y ventanas —observó Carlos, y dio la vuelta al capullo para asegurarse de que todo estaba en orden—. Todo correcto —le dijo a Eduardo—. Nadie la molestará.

Los dos amigos se quedaron allí durante un mes, y Carlos inspeccionaba constantemente la casa.

Cada mañana, Eduardo le preguntaba a Carlos cómo había ido la noche.

—Sin novedad —decía Carlos.

—Estoy impresionado con todo lo que estás haciendo —dijo Eduardo.

Un mes después del día en que la oruga había entrado en su casa, Carlos oyó un ruido en el interior.

—¡Eduardo! —gritó—. ¡Creo que la oruga ya se está despertando! Enseguida saldrá.

A toda prisa, realizó una última inspección para asegurarse de que todo estaba en su lugar y luego se quedó esperando ante la puerta. Mientras aguardaba, dijo:

—Eduardo, reconocerás que he hecho un buen trabajo.

—Carlos —dijo Eduardo con franca admiración—, lo has hecho estupendamente.

—Creo que ahora ya puedo afirmar que por fin he vivido una auténtica aventura —dijo Carlos.

—Tienes toda la razón —admitió Eduardo—. Ya podríamos volver a casa ahora mismo.

La puerta del capullo se abrió un poquito. Carlos intentó asomarse al interior para echar un vistazo, pero no distinguió nada. Lentamente, la puerta se abrió del todo y salió... una mariposa.

La mariposa caminó hasta el borde de una hoja y extendió las alas.

Carlos estaba perplejo. Eduardo estaba pasmado.

Carlos miró dentro de la casa para ver si tal vez la oruga seguía allí. Cuando descubrió que el capullo estaba vacío, fue corriendo hacia la mariposa.

—¿Qué le has hecho a la oruga? —gritó.

La mariposa observó a Carlos con curiosidad.

—¿Estás hablando conmigo? —preguntó.

—Aquí dentro había una oruga —indicó Carlos.

—Lamento decirte que no sé de qué me estás hablando —replicó la mariposa con arrogancia—. Como puedes ver claramente, soy una mariposa. No tengo nada que ver con ninguna oruga.

Y antes de que Carlos pudiera hacerle ninguna pregunta más, la mariposa se fue volando.

Carlos se sintió tan mal que le faltó poco para echarse a llorar.

—No lo he hecho demasiado bien —se lamentó.

Eduardo estaba abatido.

—Eso parece.

—¿En qué me he equivocado?

—Por lo que yo sé, en nada.

—Te prometo —dijo Carlos sacudiendo la cabeza— que la próxima vez que haga nada, lo haré mejor. Pero ahora imagino que no podemos abandonar.

—Me temo que no, Carlos. Todavía no.

Así que se pusieron de nuevo en marcha.

# CAPÍTULO DÉCIMO

*En el que los aventureros llegan
a un final*

Los dos aventureros seguían su camino. Carlos iba cantando:

*En marcha, en marcha,*
*vamos, vamos, vamos.*
*En marcha, en marcha,*
*vamos, vamos...*

—¡Para! —dijo Eduardo.

—¿Que pare de andar o que pare de cantar? —preguntó Carlos.

—Mira qué tenemos aquí —dijo Eduardo, señalando hacia delante.

—No veo nada.

—Exactamente. Hemos llegado al final de la rama.

—¡Santo cielo! —exclamó Carlos—. No me había dado cuenta. ¡Menos mal que no me he caído!

Con gran cuidado, los dos animales avanzaron hasta el borde mismo. Desde allí observaron el cielo sin nubes.

—El final de la rama —murmuró Carlos, más que nada para sí mismo.

—El principio del cielo —murmuró Eduardo, más que nada para sí mismo.

—¿Qué es, pues? —preguntó Carlos—. ¿El principio o el fin?

—Pues yo diría que eso depende de lo que haya más, si rama o cielo. ¿Cuánto hemos tardado en llegar aquí?

—Toda mi vida —dijo Carlos.

Eduardo asintió con la cabeza.

—Pues entonces es una rama muy larga. ¿Cuánto tardarías en subir hasta el cielo?

—No tengo ni idea —respondió Carlos—. No lo he hecho nunca.

—Utiliza la cabeza, Carlos. Piensa en todos los obstáculos que has encontrado en el camino por la rama: hojas, corteza, otros animales, un millón de cosas que te han retrasado. Ahora fíjate en el cielo.

Carlos miró.

—No hay nada.

—Exactamente. Así que seguro que se tarda menos tiempo.

—Ya te entiendo.

—Y eso significa —continuó Eduardo— que se tarda más en recorrer la rama. Y si se tarda más, quiere decir que la rama es mayor. Y si la rama es mayor que el cielo, eso implica que estamos en el final del cielo, pero sólo en el principio de la rama.

—¿Quieres decir —preguntó Carlos, bastante sorprendido— que después de tanto tiempo resulta que esto es el principio?

—Peor aún —subrayó Eduardo—. Puesto que esto es el principio, si no hubiéramos llegado a este punto, ni siquiera habríamos empezado la aventura.

—¡Dios mío! —exclamó Carlos—. Tanto viajar y ni siquiera hemos comenzado. No tenía ni idea de lo lejos que había que ir antes de poder empezar. Casi me entran ganas de dejarlo correr.

—Pues eso tampoco puedes hacerlo —dijo Eduardo con voz severa.

—¿Por qué?

—No se puede dejar correr una cosa que ni siquiera se ha empezado, ¿no te parece?

—Eduardo —exclamó Carlos—, no tenía ni idea de lo importante que es empezar antes del principio.

Entonces dieron media vuelta y empezaron por el principio.

# CAPÍTULO UNDÉCIMO

*En el que ayudan a un grillo*

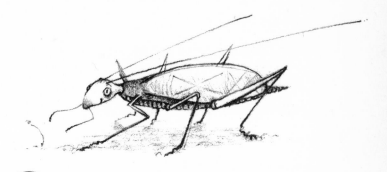

Cri, cri, cri, cri, cri, cri.

—¿Qué es eso? —preguntó Carlos.

—Un grillo —explicó Eduardo—. ¿No te parece irritante que todos los grillos canten siempre la misma canción? Eso es lo malo de casi todos los animales. No tienen creatividad. Siempre hacen lo mismo, de la misma manera, un día tras otro, de padres a hijos, sin intentar jamás nada diferente.

—Mi padre nunca quiso salir en busca de aventuras —comentó Carlos.

—¿Y qué hacía?

—Escribía artículos sobre comida rápida para la revista *Come Pronto*.

Eduardo se acercó al grillo y le dijo:

—Perdona que te interrumpa, pero ¿dónde has aprendido esta canción?

El grillo se quedó desconcertado.

—Es la que cantan todos los grillos.

—Ya —dijo Eduardo—, pero seguro que tú no eres exactamente igual a todos los demás grillos, ¿verdad?

—Nunca me había parado a pensarlo —respondió el grillo.

—Ésta es tu oportunidad —anunció Eduardo—. Soy un compositor creativo de canciones. ¿Hay algo que te guste particularmente?

—Pues ahora que lo dices —comentó el grillo—, siempre me ha gustado mucho el color gris.

—¡Perfecto! —exclamó Eduardo—. Está claro que lo que necesitas es una canción sobre el color gris. Carlos, quédate un rato a charlar con el grillo mientras yo escribo una canción.

Eduardo volvió al cabo de dos horas.

—Me he inventado una hermosa canción sobre el gris —anunció al grillo—. Partiendo de tu melodía, he introducido una letra de mi propia creación.

Eduardo carraspeó un poco y cantó:

—Gris, gris, gris, gris, gris.

—Has dado en el clavo —le felicitó el grillo—. Eso es exactamente lo que siento por el color gris.

—Inténtalo tú —sugirió Eduardo.

El grillo cantó:

—Gris, gris, gris, gris...

Justo cuando estaba a punto de concluir la canción, un pájaro bajó en picado e intentó zampárselo. Afortunadamente, el pájaro falló.

El grillo se quedó muy contrariado.

—Si canto esta canción —sollozó—, seré tan diferente de los demás grillos que todos los pájaros del mundo sabrán dónde estoy e intentarán comérseme.

—Entonces te sugiero que la cantes en tu casa —propuso Eduardo.

—Pero si lo hago —protestó el grillo—, nadie me oirá.

—Mejor que mejor —adujo Eduardo—. ¿Alguna vez has «no» oído a un grillo?

—Eso es verdad —dijo Carlos—. A todos los grillos que he escuchado se les oía la mar de bien.

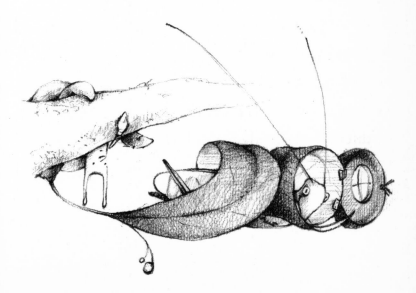

—En efecto —confirmó Eduardo—. Tú serás un grillo único en el mundo: cuando los animales te escuchen, no te oirán.

Emocionado ante la idea, el grillo salió pitando hacia su casa, cerró la puerta y se puso a cantar.

No se oía nada.

—Caramba —murmuró Carlos—, esto de ser creativo marca la diferencia.

Y los dos aventureros prosiguieron su camino.

# CAPÍTULO DUODÉCIMO

*En el que Carlos escribe una carta*

Era ya tarde por la noche, y Eduardo ya casi se había dormido cuando Carlos lo llamó en la oscuridad.

—¿Te das cuenta —preguntó Carlos— de que en todo este tiempo que llevamos viajando no he escrito ninguna carta? Vaya, ni siquiera una postal.

—Podrías hacerlo ahora —sugirió Eduardo—. ¿Hay alguien a quien quieras escribir?

—Me temo que no —respondió Carlos.

—Te entiendo —dijo Eduardo—. Escribir una carta es bastante fácil. Lo más complicado es decidir a quién se la envías. ¿Tienes algún amigo?

—Tú.

—Bueno, pues entonces escríbeme a mí.

—¿Te importaría?

—Por supuesto que no. Es maravilloso tener noticias de los amigos que están de viaje.

—Vale, seguiré tu consejo —dijo Carlos—. Buenas noches, Eduardo.

—Buenas noches.

Carlos sacó lápiz y papel, y escribió: «Querido Eduardo.» Luego estuvo pensando un buen rato intentando decidir qué escribiría a continuación. Como estaba atascado, llamó a Eduardo.

—Dime, Carlos.

—¿Qué tipo de cosas te gusta que te cuenten en las cartas?

—Pues cosas interesantes, poco comunes —explicó Eduardo—. En realidad, me gustaría saber qué es de tu vida.

—Ah, vale. Buenas noches, Eduardo.

—Buenas noches, Carlos.

Carlos se fijó en el papel y se dio cuenta de

que no disponía de mucho espacio para escribir todas las cosas que podían interesar a Eduardo.

—¡Eduardo! —gritó.

—Dime, Carlos.

—No tengo mucho espacio en el papel. De todo lo que has dicho que te gustaría saber, ¿hay algo en concreto que te parezca lo más interesante?

—Pues sobre todo me gustaría saber qué estás haciendo ahora —respondió Eduardo.

—Ah, bueno —dijo Carlos—, eso es bastante fácil. Buenas noches, Eduardo.

—Buenas noches, Carlos.

Carlos escribió: «Te estoy escribiendo una carta.» Con eso ya llenó casi todo el papel.

—¿Eduardo?

—Dime, Carlos.

—En las cartas que recibes, ¿qué tipo de saludo te gusta para el final?

—Carlos, el saludo se pone al principio. Lo que va al final es la despedida.

—Gracias —dijo Carlos—. Al menos esto pone fin a mi confusión. Pero, aun así, cuando escriba la despedida, ¿qué prefieres? ¿«Atentamente», «cordialmente» o «recibe un saludo»?

Sin dudarlo un solo instante, Eduardo contestó:

—Cordialmente.

—¿Por qué?

—Porque es... cordial.

—¿Eduardo?

—Dime, Carlos.

—¿Te importa que te lea la carta ahora? Así podrás darme tu opinión.

—Será un placer ayudarte.

Carlos leyó la carta:

Querido Eduardo:

Te estoy escribiendo una carta.

Cordialmente,

CARLOS

—Una carta excelente, Carlos —le felicitó Eduardo—. Me cuenta todo lo que estás haciendo.

—Te la enviaré mañana por la mañana —explicó Carlos—. No creo que tardes mucho en recibirla.

—Fantástico —dijo Eduardo—. No hay nada mejor que volver a casa tras un largo viaje y encontrar una carta que te espera. Así te pones al día de lo que están haciendo tus amigos.

—Buenas noches, Eduardo.

—Buenas noches, Carlos.

# CAPÍTULO DECIMOTERCERO

*En el que los aventureros resuelven un problema*

Oooooh.

Carlos y Eduardo se detuvieron a escuchar.

—Ooooooh.

—Parece un bicho en apuros —susurró Carlos.

—Calma —dijo Eduardo, que había encontrado un buen lugar para escuchar escondido detrás de Carlos.

—Creo que deberíamos ayudar —apuntó Carlos—. Eso es lo que hacen en los libros. Seguro que será una aventura memorable.

—Nunca corras hacia algo que a lo mejor prefiere que corras en dirección contraria —advirtió Eduardo—. Si volvemos a oírlo, tal vez pueda decirte algo más.

—Ooooooh.

—¿Qué es? —preguntó Carlos con voz queda.

Eduardo lo estuvo considerando.

—Es una voz que dice «ooooooh».

—¿Y no sabes cuál es el problema?

—No, sólo sé lo que dice.

—Ooooooh.

—¡Se oye justo ahí detrás! —gritó Carlos,

que cada vez estaba más impaciente—. Es mi gran oportunidad.

—¡Tal vez sea un aviso para que nos alejemos! —chilló Eduardo, pero ya era demasiado tarde. Carlos se dirigía en línea recta al otro lado de la rama. Eduardo lo siguió lentamente.

Cuando llegaron allí, encontraron a un gusano enroscado formando un círculo casi completo, de forma que ambos extremos estaban a punto de tocarse.

—Ooooooh —gemía el gusano. El sonido no procedía de un extremo ni del otro, sino de algún lugar en el medio.

Dirigiéndose a ninguno de los dos extremos en concreto, Carlos preguntó:

—¿Estás pidiendo ayuda?

—Dios mío, Dios mío —se lamentó el gusano—. Sí, tal vez vosotros podáis ayudarme. Me he echado a dormir y al despertar resulta que no me acuerdo de cuál es la parte de delante y cuál es la parte de atrás. ¡No sé cuál es el principio y cuál es el final! —se lamentó.

Carlos estaba asombrado.

—¿No tienes ninguna pista? —preguntó Eduardo, que procuraba conservar la calma.

—¿Podríais decirme vosotros qué extremo es cada uno? —preguntó el gusano, un poco avergonzado.

—No, ni idea —admitió Carlos.

Eduardo estuvo pensando un rato. Luego cogió un trozo pequeño de hoja y lo hizo ondear en el aire.

—Lo que yo sugiero es hacerte cosquillas en un extremo y luego en el otro. El extremo que estornude será la nariz. A partir de ahí, tal vez podamos establecer un análisis aproximado y poner fin a tu confusión.

—Oh, vaya —rio disimuladamente el gusano—, es que tengo muchísimas cosquillas.

Eduardo se puso serio.

—Dejemos las cosas claras, gusano: un poco de compostura y de seriedad. No somos nosotros los que hemos perdido el norte. Si no podemos ayudarte, estarás condenado a una vida circular.

La severidad de Eduardo calmó al gusano, que, al pensar en sus palabras, comprendió hasta qué punto quería ayudarlo.

—Estoy preparado —anunció el gusano con voz seria.

Como un médico cuidadoso, Eduardo aplicó el trozo de hoja a uno de los extremos del gusano.

No pasó nada.

Eduardo retrocedió un paso, frunciendo el ceño.

—Ahora lo probaré con el otro extremo. Si

esta vez tampoco da resultado, me temo que no tendremos un final feliz.

Carlos estaba tan preocupado que apartó la mirada.

Eduardo volvió a aplicar el trozo de hoja.

El gusano estornudó.

—Amigo gusano —declamó Eduardo en tono teatral—, éste es tu principio y éste es tu final.

—Gracias por poner fin a mis problemas —dijo el gusano.

Los dos aventureros reanudaron el camino.

—Has estado magnífico, Eduardo —dijo Carlos—. Se te veía muy seguro de ti mismo.

—¡Las apariencias engañan! —confesó Eduardo—. No me importa admitir que por un momento me he sentido angustiado. Ha salido bien,

pero una situación como ésta puede causar com-
plicaciones que a veces se prolongan eterna-
mente.

—¿Quieres decir... sin fin?

—Ni más ni menos.

# CAPÍTULO DECIMOCUARTO

*En el que Carlos canta*

Tengo una memoria horrible —dijo Carlos mientras Eduardo y él proseguían su camino.

—¿Te has olvidado de algo? —preguntó Eduardo.

—Ésa es la cuestión —dijo Carlos—. No estoy seguro. ¿Tienes alguna idea?

—Tal vez intentabas recordar la canción que escribí para el grillo. Aquella tan pegadiza. ¿Era eso?

—¡Exactamente! —exclamó Carlos—. Intentaba cantarla por mi cuenta, pero no consigo recordar más que las cuatro primeras palabras. «Gris, gris, gris, gris...» Y no logro acordarme del resto.

Eduardo la cantó entera.

—Gris, gris, gris, gris, gris.

—Vale —asintió Carlos, y cantó él la canción—. Gris, gris, gris, gris, gris.

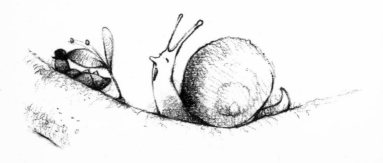

—Pues sí que tienes mala memoria —comentó Eduardo—. Has dicho bien las palabras, pero resulta que las has mezclado. Es así: Gris, gris, gris, gris, gris.

—Muy bien, entiendo —dijo Carlos, e intentó cantarla de nuevo—. Gris, gris, gris, gris, gris. ¿Es así?

—Bueno, más o menos.

# CAPÍTULO DECIMOQUINTO

*En el que los aventureros entran en una casa curiosa*

Fue por la tarde cuando Carlos y Eduardo
llegaron ante una casa.

Carlos se quedó mirándola durante un buen
rato.

—Qué raro —observó—. Con lo lejos que
hemos viajado, y resulta que aquí hay una casa
igualita a la mía.

Eduardo empezó a emocionarse.

—Carlos —susurró—, a lo mejor se trata de una casa mágica.

—¡Y mira! —exclamó Carlos—. ¡Aquí hay algo aún más extraño! No es sólo que esta casa me recuerde a la mía, de donde venimos, sino que además tiene un letrero que pone «Carlos».

—Carlos —dijo Eduardo sin aliento—. ¡Esto no es simple magia, sino magia de la más poderosa!

Con enorme cautela, los dos animales abrieron la puerta y echaron un vistazo a la casa.

Carlos se quedó aún más asombrado.

—Incluso el interior se parece al de mi casa.

—¿Notas alguna otra cosa peculiar? —quiso saber Eduardo.

—Las mesas y las sillas están colocadas tal como me gusta a mí —señaló Carlos—. Incluso los cuadros de la pared son de mi gusto. Eduardo, alguien se ha tomado muchas molestias.

—Ya lo tengo perfectamente claro —anunció

Eduardo—. Ahora ya sé por qué hemos vivido tantas aventuras extraordinarias. Durante todo este tiempo, viajando a nuestro lado venía un mago invisible.

—Un mago invisible —repitió Carlos, sorprendido—. ¡Seré tonto! ¿Cómo no me había dado cuenta?

—Esta casa demuestra que tengo razón —prosiguió Eduardo—. Sin duda, ese mago invisible ha tomado un viejo castillo y lo ha convertido en una casa que pueda gustarte.

—Me siento agradecido y adulado —dijo Carlos.

Eduardo resopló.

—Bobadas. No tiene nada que ver con la amabilidad. ¡Te lo debe!

—No veo por qué.

—Carlos, ¿cuántos caracoles conoces tú que crean en aventuras mágicas?

—Sólo yo. Y tú. Aunque, por supuesto, tú no eres un caracol.

—Precisamente —dijo Eduardo—. El mago invisible sólo te demuestra su gratitud por creer en la magia.

De repente, Carlos se sintió muy dichoso.

—Imagínate —dijo—: hacer un largo viaje, llegar tan lejos de donde tú vives y entonces... entonces encontrar un castillo mágico que tiene todas las comodidades de tu casa. Desde luego, Eduardo, ésta ha sido la aventura más emocionante de todas. Creo que por fin soy feliz.

Eduardo asintió con la cabeza y dijo:

—Siempre he pensado que no hay mejor castillo que el hogar.

# CAPÍTULO DECIMOSEXTO

*En el que se añade una nueva aventura*

Carlos y Eduardo decidieron quedarse en el castillo mágico y vivir allí juntos. Carlos se había vuelto muy famoso por sus aventuras. Animales de todos los alrededores acudían a visitarlo.

También vino su viejo amigo el tritón.

—¿Cuál ha sido tu aventura más emocionante? —preguntó.

Carlos se volvió hacia Eduardo en busca de ayuda.

—¿Cuál debería contarle?

Eduardo meditó la pregunta adoptando su habitual ademán pensativo.

—Cuéntale la de la gran carrera con un saltamontes.

Carlos estaba a punto de contarle esa aventura al tritón cuando recordó, justo a tiempo, que no había corrido ninguna carrera con un saltamontes.

—No pasa nada, Carlos —lo tranquilizó Eduardo—. Como esta aventura no llegó a ocurrir, no hay ningún peligro de que la cuentes mal. Ahora que eres famoso, seguro que no querrás contar las cosas mal.

—¿Crees que debería cantarla?

—Mejor escribirla que cantarla —dijo Eduardo.

Así que Carlos escribió su «Gran aventura de la carrera con un saltamontes». Cuando hubo terminado, la leyó en voz alta:

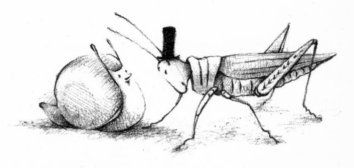

Un día, un saltamontes retó a Carlos a una carrera.

—Muy bien —aceptó Carlos—. Pero ¿dónde correremos?

—Sugiero que vayamos de aquí hasta allí —propuso el saltamontes.

Carlos lo meditó un rato y al fin dijo:

—¿Importa en qué dirección vayamos?

—Mientras sea entre aquí y allí —respondió el saltamontes—, supongo que la distancia será la misma.

—En tal caso —dijo Carlos con una sonrisa—, sugiero que la carrera sea desde allí hasta aquí.

—No le veo ningún inconveniente —aceptó el saltamontes—, pero ¿por qué quieres que lo hagamos así?

—Bueno —dijo Carlos—, si corremos desde allí hasta aquí, en vez de desde aquí hasta allí, como yo ya estoy aquí y tú estás allí, he ganado yo.

# CAPÍTULO DECIMOSÉPTIMO

*En el que concluyen las aventuras*

Cuando Carlos hubo terminado, el tritón movió la cabeza con admiración.

—Chico, esta historia es de las que dan ganas de salir en busca de tus propias aventuras —dijo—. En realidad, creo que partiré de inmediato.

—¡Buena suerte! —gritó Carlos mientras el tritón ya se iba.

Carlos se volvió hacia Eduardo con una radiante sonrisa.

—¿Sabes qué, Eduardo? Aunque en realidad jamás ocurrió, creo que ésta ha sido la mejor aventura de todas. Y, por lo visto, al tritón le ha parecido muy conmovedora.

—Es evidente: se ha marchado enseguida —dijo Eduardo—. A mí me ha gustado particularmente la parte sobre estar aquí. Confirma lo que ya sabía: eres un héroe.

Carlos se sonrojó.

—Tienes razón. Prefiero estar aquí que en ningún otro lugar. Eduardo, me has ayudado a recorrer un largo camino.

—Me alegro de haber sido útil —dijo Eduardo—. Aunque, sobre todo, estoy encantado porque tus aventuras han permitido que empezara nuestra amistad. Pero ahora eso se ha acabado.

Carlos se alarmó.

—Eduardo, ¿quieres decir que nuestra amistad se está acabando?

—Bueno —contestó la hormiga—, más bien creo que es el fin del principio.

—Pero, Eduardo —gritó Carlos— eso significa que...

—¿Qué?

—Que no hemos tenido ni siquiera una mitad.

—Bah, no importa —dijo Eduardo—. La próxima vez que salgamos en busca de aventuras, empezaremos por la mitad.

—Vale —asintió Carlos—, así podemos ir en cualquier dirección que nos apetezca.

Eduardo estuvo pensando un buen rato.

—Tienes razón —dijo finalmente—. Ésa es la única dirección posible.

*Fin*
*(del principio)*